AF595249

FLEURS
DE CASTILLE
ET
D'ANDALOUSIE

— POÉSIES —

PARIS
IMPRIMERIE SIMON RAÇON ET Cie
1, RUE D'ERFURTH, 1

1865

FLEURS
DE CASTILLE
ET
D'ANDALOUSIE

TIRÉ A CENT EXEMPLAIRES

— NE SE VEND PAS —

FLEURS

DE CASTILLE

ET

D'ANDALOUSIE

— POÉSIES —

PARIS
IMPRIMERIE SIMON RAÇON ET CIE
1, RUE D'ERFURTH, 1

1865

I

LA CLOCHE ET LE PASSANT

— A Madrid comme à Paris, les cloches *partent pour Rome*, le jeudi saint, et en reviennent le samedi matin. —

— O cloche dont le chant, trois jours durant, s'est tu,
Puisque tu viens de Rome, à Rome qu'as-tu vu?

— J'ai vu devant l'autel une blanche figure
Qui priait, à genoux, pour toute créature.

C'est un vieillard, un roi, rempli de majesté,
Et devant qui le temps semble s'être arrêté.

Incessamment sur lui, des deux bouts de la terre,
Arrive la menace et gronde le tonnerre ;

Et cependant parfois le prêtre auguste et blanc
Se retourne, sourit et bénit l'ouragan.

Puis, au pied de l'autel, où sa voix l'a laissée,
Il reprend avec Dieu la phrase commencée.

Passant, ce que j'ai vu dans Rome, le voilà,
Et vingt siècles dans Rome ont déjà vu cela.

Madrid, avril 1865.

II

AU DERNIER DES ANDALOUS

Dans votre veste, ou bleue, ou rose, ou verte,
Jeune Andalous, que vous étiez charmant,
Et comme au bord de la poche entr'ouverte
Votre mouchoir retombait galamment !

Le doigt posé sur la mince badine
Qui rayonnait des plus vives couleurs,

Par don Juan! vous aviez bien la mine,
Sûr qu'ils viendraient, d'attendre tous les cœurs.

Svelte et le flanc serré dans la ceinture
Que de ses mains l'Amour vous façonna,
Vous aviez là vraiment une tournure
A faire presque envie à la Nena [1].

Sous votre guêtre entr'ouverte avec grâce,
Un bas très-fin laissait voir sa blancheur,
Et d'un pied vif vous glissiez dans l'espace,
Comme l'oiseau fuit devant le chasseur.

Si vous aviez de l'esprit, je l'ignore,
L'accent chez vous, le sourire en avait,
Ce que le mot laissait attendre encore,
Un rien, un geste, un regard l'achevait.

Qu'avez-vous fait de ces grâces célèbres
Par qui Séville était ensorcelé?...

[1] Célèbre danseuse.

Vous avez pris nos vêtements funèbres ;
Avec l'habit le reste est envolé.

Et de vous fuir les belles se font gloire,
Vous autrefois leur unique idéal.
Mais... vous portez une lévite noire,
Et vous fumez un *puro*[1] d'un *real*.

[1] Un cigare de choix.

Séville, 1862.

III

GIL BLAS

AU R. P. DON FRANCISCO DE LA ISLA

— On sait que le P. de la Isla, le spirituel auteur de Fray Gerundio, a traduit Gil Blas en espagnol, avec la prétention de rendre son bien à l'Espagne. —

Calmez-vous, bon Isla, Gil Blas est bien à nous ;
Son père l'avait mis en nourrice chez vous ;
Mais quand le jeune drôle eut rejoint sa famille,
Il avait si bien pris l'accent de la Castille,

Que vous l'aurez cru vôtre, et, d'une belle ardeur,
Le réclamez de nous, comme un vrai déserteur.
Vous avez cent raisons de le vouloir reprendre,
Une seule suffit pour ne pas vous le rendre :
Sous la cape espagnole il a l'esprit français.
Il a gardé vos goûts et vos mœurs, je le sais ;
D'un air plus résolu, d'une mine plus fière,
Nul de vos *picaros* ne porte la rapière,
Et quand il se complaît à conter ses exploits,
L'âme de chacun d'eux vibre encore dans sa voix.
Compère de Guzman, rival de Lazarille,
Il vola plus d'un tour à maître Estevanille,
Et Marcos Obregon, qui l'écoute en passant,
Se sourit à lui-même en se reconnaissant.
Oui, sans doute, et pour qui ne voit que la surface,
Il semble l'un d'entre eux, le dernier de la race ;
Mais sous l'habit d'emprunt qui le gêne souvent,
Moi je sens le Gaulois alerte et bien vivant,
Tout l'enfant de Paris ; chaque trait, chaque ride,
Vous dira que Gil Blas est frère de Candide.
Calmez-vous donc, bon Père, et ne nous venez pas,
Avant le *Don Quichotte*, envier le *Gil Blas*.

IV

LE PETIT-FILS DE JEAN RACINE

— Enlevé par la mer sur la chaussée par laquelle on sort de Cadix, le jour et par suite du tremblement de terre de Lisbonne. —

Souvent sur la chaussée où Cadix frémissant
Vit la mer turbulente enlever en passant
Le petit-fils de Jean Racine,
Je m'en vais évoquant cette ombre de l'oubli,
Et redemande aux flots qui l'ont enseveli
Cet enfant de race divine.

Sur ce rivage, enfant, que venais-tu chercher?
Quelque songe d'amour, au pied de ce rocher,
Avait-il endormi tes peines?
Poëte, y venais-tu surprendre des secrets
Que ne t'avaient pas dit, dans leurs chants trop discrets,
Les Muses, tes chastes marraines?

Non, l'avare Fortune en ces lointains climats
Avait seule égaré, non ton cœur, mais tes pas
A la poursuite de ses rêves,
Et l'or était la proie, hélas! et le butin
Que tes pauvres vingt ans, le soir et le matin,
Devaient épier sur ces grèves.

Mais ignorant ton nom et que tu vins au jour,
Non pour fouiller ses flancs, mais chanter à ton tour
Ses merveilles les plus sublimes,
La mer t'aura traité comme ces coureurs d'or
Qui la lassent enfin, et qu'avec leur trésor
Elle engloutit dans ses abîmes.

Dans la cour du logis où vécut ton aïeul [1],
J'ai vu, plantés par lui, deux ceps avec orgueil
Grimper le long de sa fenêtre.
J'y cueillis une feuille, et la mis sur mon cœur.
Sous leur ombrage, hélas ! la gloire et le bonheur
Ensemble t'attendaient peut-être !

[1] Rue des Marais Saint-Germain.

V

LA MAISON DE MEDRANO

A ARGAMASILLA

Dans un bourg de la Manche dont je ne veux pas me rappeler le nom....
(Premières lignes du *Don Quichotte*.)

Dans un bourg de la Manche il est une maison
Qui du grand Cervantes fut un jour la prison.
Là soudain à ses yeux s'anima son beau rêve,
Et ce germe divin que sans repos ni trêve,

Dans les mille hasards de ses jours inconstants,
Son cœur et son génie avaient porté vingt ans,
Éclos dans une nuit de fièvre et de colère,
S'appela don Quichotte et prit forme dernière.
Nos œuvres à nous tous, comme ces fruits hâtés
Qui, trop vite mûris au soleil des étés,
Tombent au pied de l'arbre et jonchent la prairie,
Nos œuvres, maigres fruits d'une séve appauvrie,
Au moindre vent d'orage, avortent en naissant,
Et meurent sans parfum sous le pied du passant.
Mais l'œuvre du génie, avec amour conçue,
Patiente, elle attend aux flancs qui l'ont reçue,
Et le jour où l'esprit ne peut la contenir,
Elle éclate aux regards et pour ne plus mourir.
Salut, bourg où naquit le héros de la Manche !
L'Ibérie a marqué ton nom d'une croix blanche ;
Et ce nom cependant, Cervantes irrité
Ne voulut pas le dire à la postérité.
Mais ton crime d'un jour s'est perdu dans sa gloire,
Et vos noms réunis vivent dans la mémoire ;
Car dans ta nuit obscure une étoile brilla,
Prison du mutilé, noble Argamasilla !

VI

DULCES ARGOS

Loin des siens et de son pays,
Sous la terre elle dort couchée ;
Nous avait-elle donc suivis
Pour être par la mort si jeune encor touchée ?

Fleur de la lande, oiseau des bois,
Ce n'était qu'une humble suivante;

2.

Une fée à l'œuvre parfois
Eût été moins agile, eût paru moins savante.

Mais à la fierté de son cœur,
A la grâce de son langage,
Mais à je ne sais quelle ardeur
Dont l'éclat fugitif animait son visage,

A voir dans le fond de ses yeux
Passer un éclair vif ou tendre,
On sentait que du sang des dieux
Une goutte en sa veine avait dû se répandre.

Loin des siens et de son pays,
Sous la terre elle dort couchée ;
Nous avait-elle donc suivis
Pour être par la mort si jeune encor touchée?

VII

L'ALLÉE DE CYPRÈS

A X. MARMIER

Sous ces verts orangers dont la fraîcheur vous tente,
Je vous l'ai dit souvent, ami, ce qui m'enchante,
C'est une longue allée où j'erre sans témoin,
Deux files de cyprès qui se dressent au loin,
Drus, fermes, et qui vont, de leurs flèches aiguës,
Par un chemin d'azur, percer les blanches nues.

Des cyprès ! des cyprès, ami ; mais sur ces bords,
Moins sombre, le cyprès n'est pas l'arbre des morts.
Le vert en est plus doux, et la rose sauvage
S'enlace à ses rameaux, parfume son feuillage,
Et dans la solitude et l'attente des nuits,
L'amoureux rossignol y chante ses ennuis.
Des meilleurs de nos jours ces arbres sont l'image,
La joie et la douleur s'y mêlent d'âge en âge.
Mais un moment arrive où de mortels frissons
Au cœur du rossignol font taire les chansons ;
Où la rose en débris tombe et jonche la terre ;
Et l'avenue enfin, muette et solitaire,
Courbe son double front sous un souffle glacé,
Et semble, comme nous, ruminer le passé.
Cherchons le bien, le beau, que cette douce étude,
De notre allée à nous peuplant la solitude,
Rende aux pauvres cyprès la rose qui n'est plus
Et cet écho lointain des chants qui se sont tus.

1862.

VIII

DEVANT

LE LIT DE MORT D'UN ENFANT

Dans cette nuit terrible où Dieu nous prit cet ange,
Je me sentais au cœur comme un espoir étrange ;

Je me disais : Un homme a blasphémé Jésus ;
La foi des anciens temps, le monde ne l'a plus,

Et sourd adorateur de l'impure matière,
Qui n'entend plus l'esprit, ne voit plus la lumière,

Il croit que s'épuisant dans l'œuvre des six jours,
La volonté suprême abdiqua pour toujours.

Ah! si dans ce silence éclatait votre oracle!
Si vous veniez, Seigneur, et faisiez un miracle!

Si par sa froide main prenant ce frêle enfant,
Vous alliez tout à coup nous le rendre vivant!

Sans doute un tel prodige, en cette nuit dernière,
D'une clarté nouvelle illuminant la terre,

Y ferait pénétrer, avec un saint effroi,
Un long tressaillement d'espérance et de foi.

Dieu ne veut pas; il veut que l'homme sur l'abîme
Flotte une fois encor, de ses songes victime.

La barque déjà penche et s'enfonce à demi,
Au sein des flots émus Jésus s'est rendormi.

Sur son livre fermé, sophiste, ouvrez le vôtre ;
Nous verrons s'il pourra nous sauver comme l'autre.

Séville, février 1864.

IX

CONTRASTE

L'enfant des rois se meurt : dans la chambre à côté,
L'enfant du pauvre rit dans les bras de sa mère
Qui sur lui doucement s'incline, heureuse et fière.
Peuple, voilà la grande et seule égalité !

Séville.

X

A

UNE PETITE-FILLE DE PIZARRE

— Écrit, à côté du nom de Dolorès Pizarro, sur l'Album des voyageurs, dans la maison où mourut Fernan Cortès, à Castilleja de la Cuesta.—

De ton livre, ô Cortès, j'aime à tourner les pages ;
J'y lis d'illustres noms de princes et de rois
Qui dans l'humilité de ces nobles hommages
Brillent plus grands qu'au bas des traités et des lois.

Noms de marins, cent fois échappés des naufrages,
De soldats que l'Afrique a revus sous la croix,
De poëtes parant d'harmonie et d'images
Ce culte d'un héros qui tressaille à leur voix.

Ce qui me plaît surtout, à l'appel de ton ombre,
C'est de voir des Incas le vainqueur rude et sombre,
La main sur l'espadon, te saluer aussi ;

Mais ne sachant signer (et le cas n'est pas rare),
Il a chargé sa fille, à l'endroit que voici,
D'écrire près du tien le grand nom de Pizarre.

Séville.

XI

LA MAISON DU MEURTRIER

Souvent mes pas là-haut me menaient au hasard :
J'aimais cette maison, à l'ombre de l'église,
Sur le coteau voisin tranquillement assise.
La façade était blanche et riait au regard.

Trois fenêtres s'ouvrant sur la route poudreuse
Des enfants, dans le fond, me laissaient voir les jeux.

Que de fois écoutant, le soir, leurs cris joyeux,
Je me suis dit : Là vit une famille heureuse !

Mais vainement la porte invite le passant,
Le passant se détourne et fuit ce toit coupable,
Car celui qui l'habite a tué son semblable,
Et porte à chaque main une tache de sang.

XII

A LA VIERGE

Toi qui me l'as rendue, ô Vierge, sois bénie !
Où je la ramenai mourante, rassuré
Je la laisse vivante et par toi rajeunie,
Aussi, bien qu'au foyer de notre exil sacré
Je revienne sans elle, ô Vierge, sois bénie !

Je pars seul, il est vrai, mais j'emporte avec moi,
Plus douce que jamais, l'image qui m'est chère,

Et s'il me faut longtemps subir la dure loi
Des arides loisirs, du labeur solitaire,
Ce qui doit les charmer, je l'emporte avec moi.

Et puis rien n'est assez pour payer cette joie
D'avoir senti son cœur revivre sur mon cœur,
Et d'avoir à la mort ravi si belle proie.
Ah ! j'ai trop peu souffert même de ma douleur ;
Souffrons donc maintenant pour payer cette joie !

Entre Burgos et Valladolid.

XIII

DON QUICHOTTE

Suivi d'un gentilhomme, un matin, au Pardo,
Le roi Ferdinand VII chassait incognito.
Il avise un quidam qui, lisant sous un chêne,
Riait à faire fuir les perdrix vers la plaine.
Le roi vers son suivant se retourne et lui dit :
« Cet homme est fol ou c'est *Don Quichotte* qu'il lit. »
Et prenant le volume au rieur qui s'étonne :
« Voyez, avais-je tort? Don Quichotte en personne! »

Et de lire et de rire. Heureux trois fois l'auteur
Dont l'œuvre met ainsi les rois en belle humeur !
Heureux aussi les rois qui s'amusent ! Le nôtre,
Riant toujours plus fort, salue et repart ; l'autre
Se rassied, mais rêveur et le cœur plein d'émoi.

Cet homme était peut-être un ennemi du roi.
Il ne l'est déjà plus : l'étincelle légère,
En passant du liseur au monarque sévère,
Les unit désormais d'un lien mystérieux,
Car sur la même page ils ont ri tous les deux.

XIV

SUR LE PONT ET DANS LA CABINE

Pour celle qui vous prie en bas,
Vierge sainte, soyez clémente ;
Que la terreur n'approche pas
De son âme douce et fervente :

Que la bise qui sur le pont
Siffle et nous glace le visage,

Glisse légère sur son front
Sans y laisser aucun nuage ;

Que le firmament, dont l'azur
Souvent s'est voilé sur nos têtes,
A ses yeux brille toujours pur,
Et ne dise rien des tempêtes.

Et quand au port que j'entrevois
Sa main par moi sera pressée,
Nous nous écrierons à la fois :
Oh! la charmante traversée !

A bord.

XV

UNE LARME DE PIE IX

—

Quand l'empereur Auguste, en une nuit profonde,
Vit luire sur le Rhin le fer d'Arminius,
On l'entendit gémir, et ce maître du monde
A grands cris évoqua les mânes de Varus.

L'empereur Charlemagne, un soir, de sa fenêtre,
Vit un bateau normand apparaître et s'enfuir ;

Et le César pleura. Le pirate peut-être
Venait lui signifier l'arrêt de l'avenir.

Mais vous, ô prêtre, ô roi, quand votre face sainte
Sous vos augustes mains s'est voilée un instant,
Et qu'en un long sanglot tout à coup s'est éteinte
Cette voix qu'attendait le monde palpitant,

O père des chrétiens, dans quelque image sombre
L'avenir à vos yeux s'est-il donc dévoilé?
— Oui, d'un autre Attila j'ai cru voir passer l'ombre,
Et, cœur de peu de foi, mes larmes ont coulé.

Saragosse.

TABLE

PARIS. — IMP. SIMON RAÇON ET COMP., RUE D'ERFURTH, 1.

www.ingramcontent.com/pod-product-compliance
Lightning Source LLC
LaVergne TN
LVHW050220180726
843501LV00013BA/2174

* 9 7 8 2 3 2 9 6 5 7 6 4 6 *